Эллин тайный дневник

Ellie's ~~My~~ Secret Diary

Henriette Barkow & Sarah Garson

Russian translation by Dr. Lydia Buravova

Воскресенье утро 7.30

Дорогой дневник!

Ночью мне приснился страшный сон. Я бежала ...
и бежала. За мной гнался огромный тигр. Я ежала
быстрее и быстрее, но не могла убежать. Он
приближался, и вдруг ... я проснулась. Я взяла
Фло на руки. Мне с ней спокойно – она знает,
что со мной происходит. Ей я могу рассказать.
Мне всё время снятся плохие сны.
Когда-то было совсем по-другому.
Когда-то у меня была масса друзей – таких как
Сара и Дженни. Сара пригласила меня пройтись
с ней по магазинам, но ...
школа стала АДОМ в тех пор как появилась ОНА.

Я ненавижу ненавижу НЕНАВИЖУ её!!!

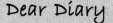

Dear Diary

Had a bad dream last night.
I was running ... and running.
There was this huge
tiger chasing me.
I was running faster and faster but
I couldn't get away.
It was getting closer and then ...
I woke up.

I held Flo in my arms. She makes me feel safe
- she knows what's going on. I can tell her.

Keep having bad dreams.
Didn't used to be like that.

I used to have loads of friends - like Sara and Jenny.
Sara asked me to go to the shops but ...

School's been HELL
since SHE came.

I hate hate
HATE her!!!

Sunday evening 20.15

Dear Diary

Went to Grandad's.
Lucy came and we climbed the big tree.
We played pirates.
School 2morrow.
Don't think I can face it.
Go to school and
see HER!

SHE'll be waiting. I KNOW she will.

Even when she isn't there I'm scared
she'll come round a corner.
Or hide in the toilets like a bad smell.
Teachers never check what's going
on in there!

If __ONLY__ I didn't have to go.

Flo thinks I'll be ok.

Дорогой дневник!

Ходили к дедушке. Пришла Люси, и мы залезли на большое дерево. Играли в пиратов.
Завтра – школа. Не могу представить, как я туда пойду. Пойду в школу и увижу ЕЕ.

ОНА будет ждать меня. Я ЗНАЮ будет.

Даже когда её там нет, я боюсь, что она поджидает меня за углом. Или стоит в туалете как противный запах. Учителя не проверяют, что происходит там.

Если бы ТОЛЬКО можно было не идти.
Фло думает, что у меня всё будет в порядке.

Опять приснился тот сон.

Только на этот раз за мной гналась ОНА.

Я хотела убежать, но она приближалась, и её рука почти дотронулась до моего плеча ... когда я вдруг проснулась.

Меня тошнило, но я заставила себя съесть завтрак, чтобы мама ни о чём не догадалась.

Не могу рассказать маме – от этого будет ещё хуже.

Никому не могу рассказать.

Все подумают, я – размазня, но это не так.

Дело только в <u>той девочке</u> и <u>её</u> отношении ко мне.

I had that dream again.
Only this time it was HER who was chasing
me. I was trying to run away but she kept
getting closer and her hand was just on my
shoulder ... then I woke up.

I feel sick but I made myself eat
breakfast, so mum won't
think anything's up.
Can't tell mum – it'll just
make it worse.
Can't tell anyone.
They'll think I'm soft
and I'm not.

It's just <u>that girl</u>
and what SHE does to me.

Monday evening 20.30

Dear D

SHE was there. Waiting.
Just round the corner from school where nobody could
see her. SHE grabbed my arm and twisted it behind
my back.
Said if I gave her money she wouldn't hit me.
I gave her what I had. I didn't want to be hit.
"I'll get you tomorrow!" SHE said and pushed me over
before she walked off.
It hurt like hell. She ripped my favourite trousers!

Told mum I fell over. She sewed them up.
I feel like telling Sara or Jenny but they
won't understand!!

Glad I've got you and
Flo to talk to.

Дорогой Д!

ОНА была там. Ждала. Как раз за углом школы, чтобы никто не увидел. ОНА схватила меня за руку и заломила её за спину. Сказала, если дам ей денег, она не тронет меня. Я отдала всё, что у меня было. Побоялась, она меня ударит. «Я поймаю тебя завтра!» – сказала ОНА и, толкнув меня, ушла. Было очень больно. Порвала мои любимые брюки. Маме я сказала, что упала. Она зашила их. Хочется рассказать Саре и Дженни, но им не понять.

Хорошо, что у меня есть ты и Фло.

Вчера не могла заснуть. Просто лежала
с открытыми глазами. Боялась заснуть.
Боялась, что опять приснится тот сон.
ОНА будет поджидать меня.

Почему она всегда придирается ко МНЕ?
Я не сделала ей ничего плохого.
Не заметила, как заснула, очнулась
только когда меня будила мама.

Не могла есть завтрак.
Отдала его Сэму, чтобы
мама не заметила.

Couldn't sleep last night.
Just lay there. Too scared to go to sleep.
Too scared I'd have that dream again.
SHE'll be waiting for me. Why does she always
pick on ME? I haven't done anything to her.
Must have dropped off, cos next thing
mum was waking me.

Couldn't eat breakfast.
Gave it to Sam so mum wouldn't notice.

Вторник вечер 20.00

ОНА пошла за мной, когда
я выходила из школы –
такая большая и наглая.
ОНА дернула меня за
волосы.
Хотелось закричать, но
я сдержалась.

«Где мои деньги?» – ОНА плюнула в меня.
Я покачала головой. «Я отберу у тебя это, –
прорычала она и выхватила у меня сумку с моей
физкультурной формой. – Я не отдам тебе
сумку до тех пор, пока ты не дашь мне денег».
Были бы у меня деньги! Как хочется ударить по
её жирному лицу!
Что же делать? Я не могу ударить её, она же
больше чем я.

не могу попросить денег у мамы или папы,
им ведь придется сказать зачем они мне.

Tuesday evening 20.00

SHE followed me out of school – all big and ~~tuff~~ tough.
SHE pulled my hair. Wanted to scream but I didn't want
to give her the satisfaction.
"You got my money?" SHE spat at me.
Shook my head. "I'll have this," SHE snarled, snatching
my PE bag, "til you give it to me."
I'd love to give it to her! Feel like punching her fat face!
What can I do? I can't hit her cos she's bigger than me.

I can't ask mum
or dad for the money
cos they'll want to
know what it's for.

Среда утро 5.30

Дневник, я совершила плохой поступок.

       По-настоящему, плохой.

Я не знаю, что сделает мама, если узнает. Но у меня будут большие неприятности, это точно. Вчера вечером я увидела на столе мамин кошелек. В комнате никого не было, и я взяла из него 5 фунтов.

Я верну эти деньги, как только смогу.
Я буду откладывать мои карманные деньги.
Я попытаюсь заработать денег.

   Надеюсь, мама не заметит.
А то она очень рассердится.

Diary, I've done something bad.
Really bad!
If mum finds out I don't know what she'll do.
But I'll be in big trouble - for sure.

Last night I saw mum's purse on the table.
I was on my own and so I took £5.

I'll put it back as soon as I can.
I'll save my pocket money.
I'll try and earn some money.

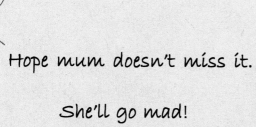

Hope mum doesn't miss it.

She'll go mad!

Среда вечер 19.47

Сегодня самый ужасный день моей жизни!!

1. – отругали за то, что нет физкультурной формы.
2. – не сделала домашнее задание.
3. – ОНА поджидала меня у бокового входа в школу. Она скрутила мне руку и отобрала деньги. Бросила мою сумку в грязь.
4. – ОНА хочет ещё.
У меня больше нет ...
Я уже украла у мамы.
Я не знаю, что делать.

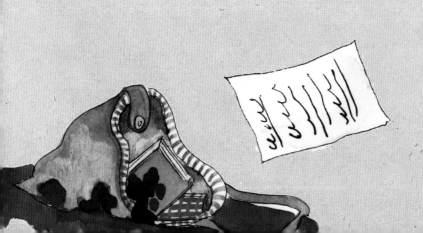

Жить не хочется!!

Wednesday evening 19.47

This has been the worst day of my life!!

Wish I'd never been born!!

Какой ужас.
Мама заметила!!

Она спросила, не видел ли кто её пять
фунтов. Все сказали «нет».
Что я ещё могла сказать?

На душе плохо, по-настоящему плохо.
Ненавижу врать.
Мама сказала, что отведёт меня в школу.
Может быть всё уладится до вечера.

I can't believe it.
Mum's found out!!

She wanted to know if anybody
had seen her £5 note.
We all said no.
What else could I say?

I feel bad, really bad. I hate lying.
Mum said she's taking me to school.
At least I'll be safe til home time.

Thursday evening 18.30

On the way to school mum asked me if I took
the money.
She looked so sad.
I had thought of lying but seeing her face
I just couldn't.
I said yes and like a stupid idiot burst into tears.
Mum asked why?
And I told her about the girl and what she'd been
doing to me. I told her how scared I was.
I couldn't stop crying.
Mum held me and hugged me.

When I'd calmed down, she asked,
if there was anyone at school
I could talk to?
I shook my head.
She asked if I would
like her to talk to
my teacher.

По дороге в школу мама спросила меня, не я
ли взяла деньги. Она была такая грустная.
Я хотела соврать, но не смогла, когда увидела
её лицо. Я сказала «да» и как дура
расплакалась.
Мама спросила «почему?»
И тогда я рассказала ей об этой девочке и о
том, как она издевается надо мной. Я сказала
ей, как я боялась.
Я не могла сдержать рыданий.
Мама обняла меня.

Когда я успокоилась, она спросила
меня, не могу ли я поговорить
с кем-нибудь в школе.
Я покачала головой.
Она спросила, не хочу
ли я, чтобы она сама
поговорила с учителем.

Friday morning 6.35

Dearest Diary

Still woke up real early but

I DIDN'T HAVE THAT DREAM!!

I feel a bit strange. Know she won't be in school - they suspended her for a week. What if she's outside?

My teacher said she did it to others - to Jess and Paul. I thought she'd only picked on me.

But what happens if she's there?

Пятница утро 6.35

Мой милый дневник!

Проснулась рано утром, но

НЕ ПОТОМУ ЧТО МНЕ ПРИСНИЛСЯ ТОТ САМЫЙ СОН!!

Немного странное чувство. Знаю, что её не будет в школе – её исключили на неделю. А что если она ждёт на улице?

Учительница сказала, что она издевалась и над другими – над Джесс и Полом.
Я думала, что она задирается только со мной.

А что будет, если она там?

Её там не было на самом деле!!!

Я побеседовала с симпатичной женщиной, которая сказала, я могу поговорить с ней в любое время. Она сказала, что если над тобой издеваются, тебе нужно постараться найти кого-то и поговорить.

Я рассказала об этом Саре и Дженни. Сара сказала, что у неё был такой случай в её старой школе. У неё не отбирали деньги, но там её дразнил один мальчик.

Мы все будем защищать друг друга в школе, чтобы больше никого не дразнили. Может быть, все уладится. Когда я пришла домой, мама приготовила на ужин моё любимое блюдо.

She really wasn't there!!!
I had a talk with a nice lady who said I could talk to
her at any time. She said that if anyone is bullying
you, you should try and tell somebody.
I told Sara and Jenny. Sara said it had happened to her
at her last school. Not the money bit but this boy kept
picking on her.

We're all going to look after each other at school so
that nobody else will get bullied. Maybe it'll be ok.
When I got home mum made my favourite dinner.

Суббота утро 8.50

Дорогой Дневник!

Не надо идти в школу!!

        Мне не снятся плохие сны!!

Посмотрела на Интернете, нашла массу всего об этом. Я не знала, что это случается часто, а это случается сплошь и рядом. Даже среди взрослых и рыбок.

А ты знаешь, что рыбки могут умереть от стресса, когда над ними издеваются другие? Можно позвонить по телефону, где помогут в таких случаях – людям, конечно, не рыбкам!!

Жаль, что я не знала раньше!

Saturday morning 8.50

Dear Diary
        No school!!   No bad dreams!!
Had a look on the net and there was loads about
bullying. I didn't think that it happened often but
it happens all the time!
Even to grown-ups and fishes. Did you know that
fishes can die from the stress of being bullied?
There are all kinds of helplines
and stuff like that
- for people, not fishes!!

I wish I'd known!

Суббота вечер 21.05

Мы с Сэмом и папой ходили в кино.
Смотрели очень смешной фильм.
Мы так смеялись.
Сэм спросил меня, почему я ничего не
рассказала ему о том, что было со мной.
«Я бы ей так врезал!» – сказал он.
«Тогда бы и ты сам был не лучше таких
как она!» – ответила я.

Dad took me and Sam to see a film. It was really funny.
We had such a laugh.
Sam wanted to know why I never told him about what was
going on.
"I would have smashed her face!" he said.
"That would just have made you a bully too!" I told him.

What Ellie found out about bullying:

If you are bullied by anyone in any way IT IS NOT YOUR FAULT!
NOBODY DESERVES TO BE BULLIED!
NOBODY ASKS TO BE BULLIED!

There are many ways in which somebody can be bullied.
Can you name the ways in which Ellie was bullied?
Here is a list of some of the ways children are bullied:
  - being teased
  - being called names
  - getting abusive messages on your mobile phone
  - getting hate mail either on email or by letter
  - being ignored or left out
  - having rumours or lies spread about you
  - being pushed, kicked, shoved or pulled about
  - being hit or punched or hurt physically in any way
  - having your bag or other belongings taken and thrown about
  - being forced to hand over money or your belongings
  - being attacked because of your race, religion or the way you speak or dress

Ellie found that it helped to keep a diary of what was happening to her.
It's a way of keeping a record of dates and times when things occurred.
It's also a way of not bottling everything up. It is important that you try
and tell somebody what is going on.
Maybe you could try talking to a friend who you trust.
Maybe you could try talking to your mum or dad, sister or brother.
Maybe there is a teacher at school who you feel comfortable talking to.
Most schools have an anti-bullying policy and may have somebody
(like the kind lady Ellie mentions in her diary) to talk to.

Here are some of the helplines
and websites that Ellie found:

Helplines:

CHILDLINE 0800 1111

KIDSCAPE 020 7730 3300

NSPCC 0808 800 5000

Websites:

In the UK:
www.bbc.co.uk/schools/bullying
www.bullying.co.uk
www.childline.org.uk
www.dfes.gov.uk/bullying
www.kidscape.org.uk/info

In Australia & New Zealand:
www.kidshelp.com.au
www.bullyingnoway.com.au
ww.nobully.org.nz

In the USA & Canada:
www.bullying.org
www.pta.org/bullying
www.stopbullyingnow.com

If you want to read more about bullying there are many excellent books
so just check your library or any good bookshop.

Books in the *Diary Series*:
Bereavement
Bullying
Divorce
Migration

Text copyright © 2004 Henriette Barkow
Illustrations copyright © 2004 Sarah Garson
Dual language copyright © 2004 Mantra Lingua

A CIP catalogue record for this book is available
from the British Library

First published 2004 by Mantra Lingua
Global House, 303 Ballards Lane
London N12 8NP
www.mantralingua.com